灰兔一直在等我

——这是一个美丽的约定——

张丽荣/文　董红梅/图

作家出版社

咦，你是谁？

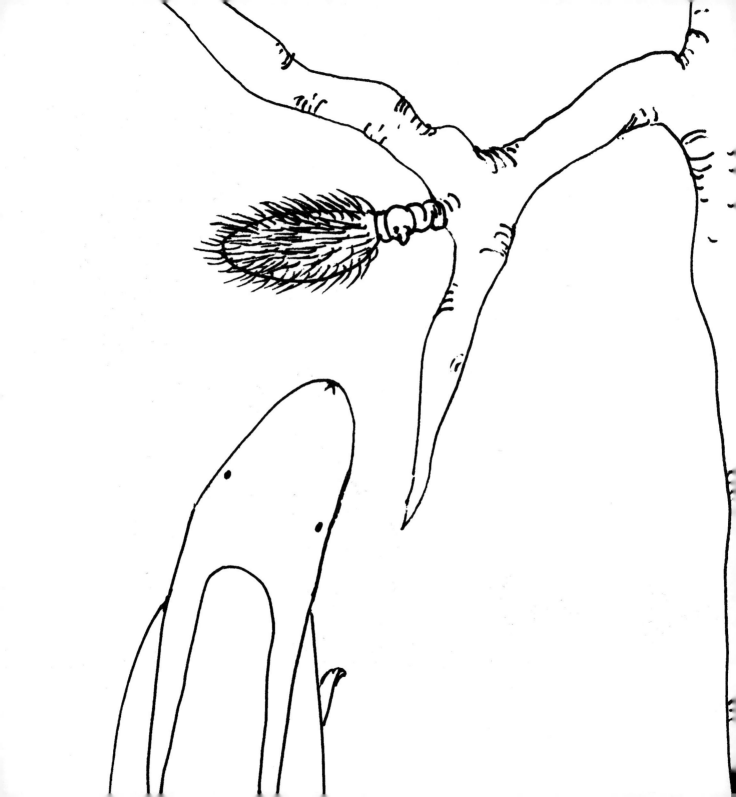

我是小花芽。

你能开花给我看吗?

能，

等天气变暖了，我就会开花，
它们说那是春天。

我会等你的。
春天来了，天气变暖了，
我来看你开的花。

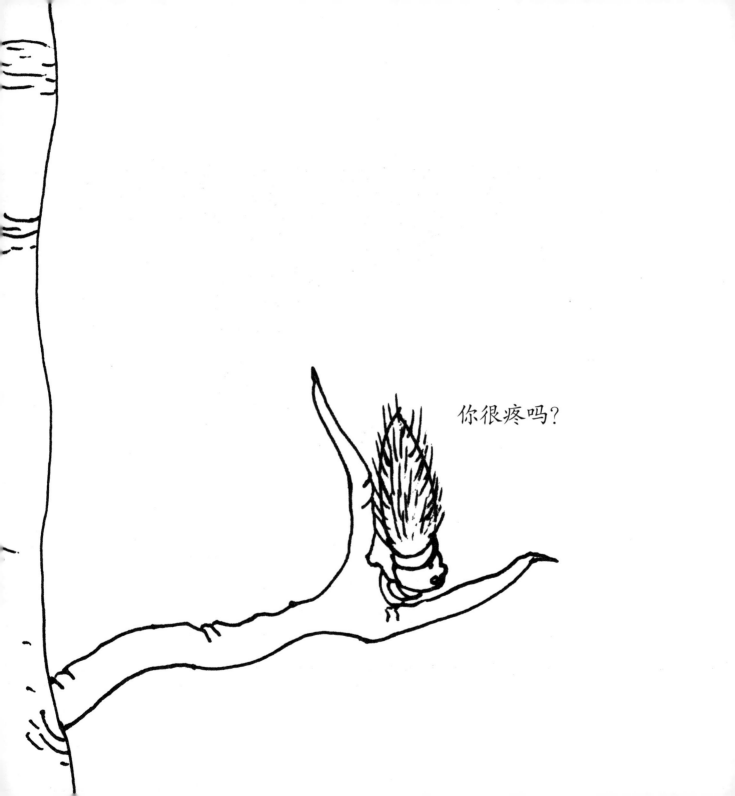

很疼。
我永远都不能开花了。

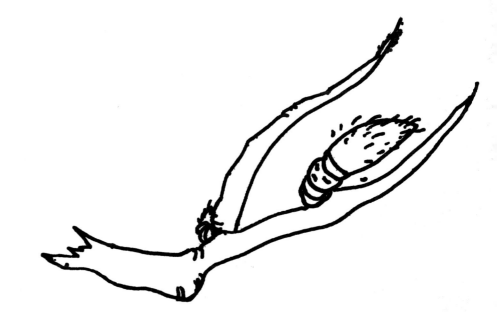

放下我哥哥！

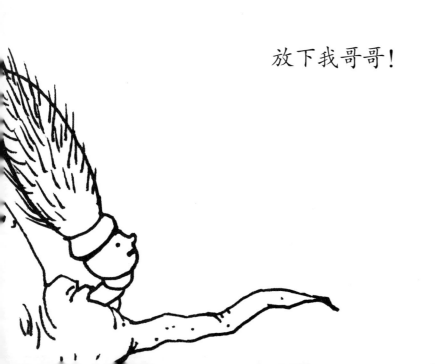

你要记得……对灰兔说过的话，灰兔……一直在等你。

你要记得……对灰兔说过的话，灰兔……一直在等你。

你要记得……对灰兔说过的话，灰兔……一直在等你。

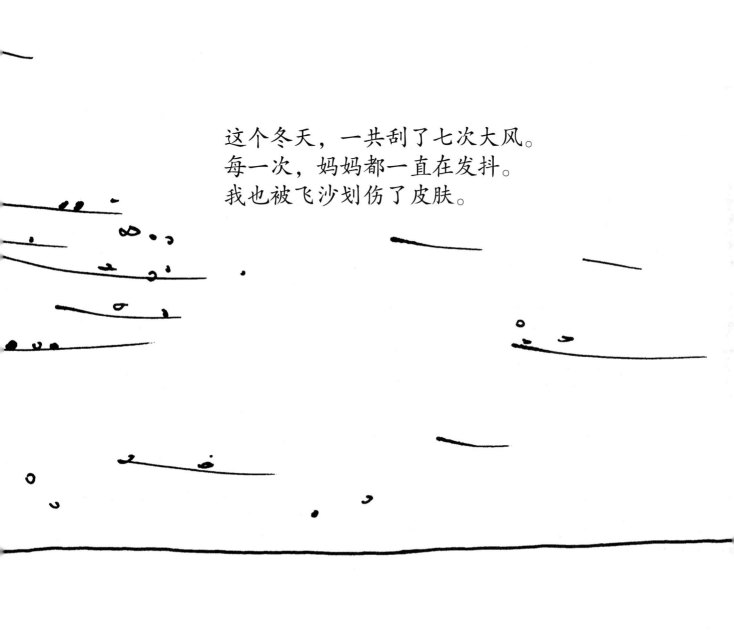

这个冬天，一共刮了七次大风。
每一次，妈妈都一直在发抖。
我也被飞沙划伤了皮肤。

有时风停下来，就开始下雪。

雪花把我抱住，我会觉得暖和些。

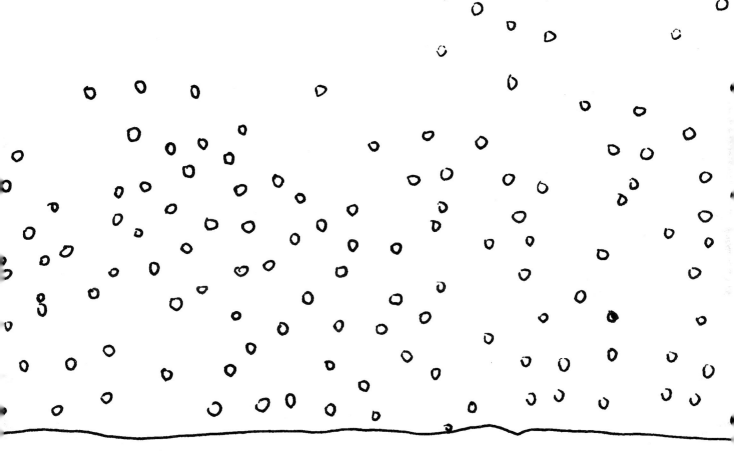

有时没有风，也不下雪，
太阳远远地照着，

我可以睡上一小会儿。

所有的动物都不见了。
我想让它们陪我坐一会儿，
说说话也行。
可是它们都不出来，
它们一定忘了我。

灰兔不会忘了我吧，
它还在等我开花呢。

可是灰兔在哪里呢？
藏在雪被子下面吗？

天越来越冷，
可以吃的东西也越来越少了。
我越来越饿，
肚子瘪瘪的，
头晕晕的。

我闭上眼睛，蜷起身子。
做个梦吧，也许会看见灰兔的。
看见它站在春天里等我。

也许这样，就不那么想它了。

不知

过了多久

有一天，我醒来了。

我要快点开花，

灰兔还在等我呢。

花瓣真漂亮！
味道真香！

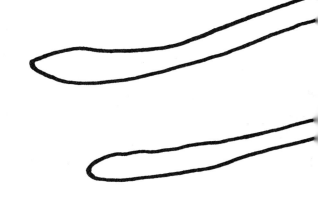

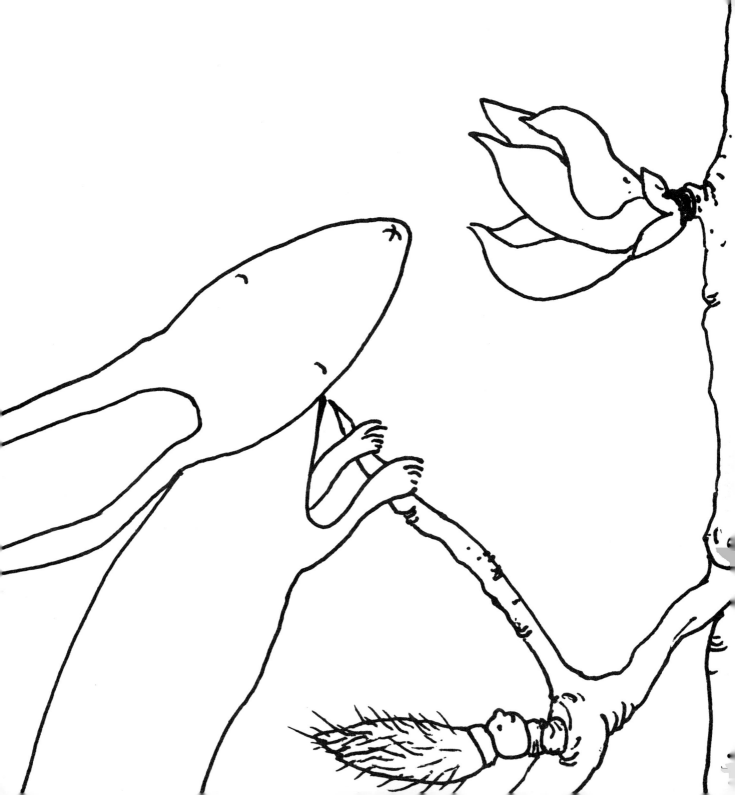

可是小花芽，你……为什么还不开花？

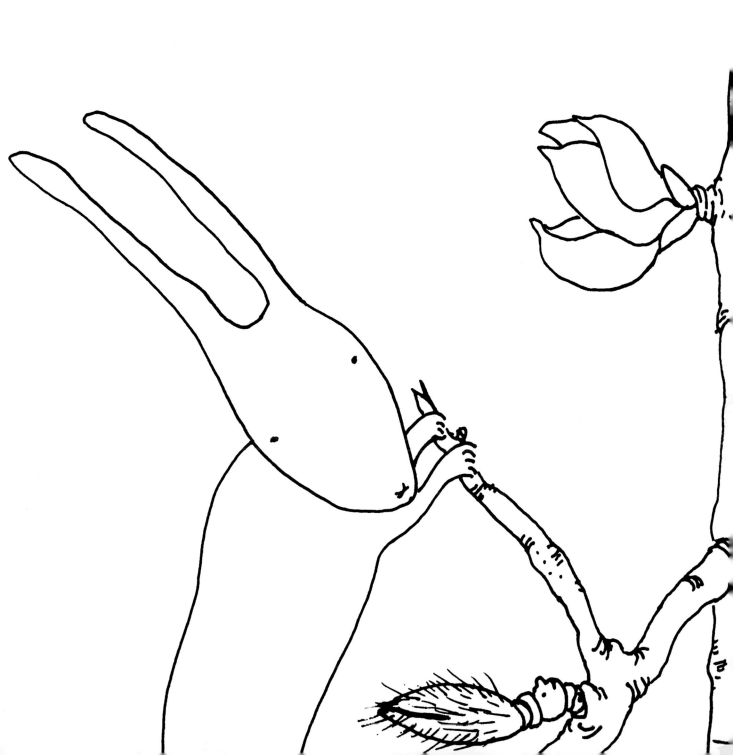

我会开花的，
我知道你一直在等我，
这是我们的约定。

对呀，
我一直在等你，
这是我们的约定。

我又长了一个白天，

长了一个晚上，

又一个白天，

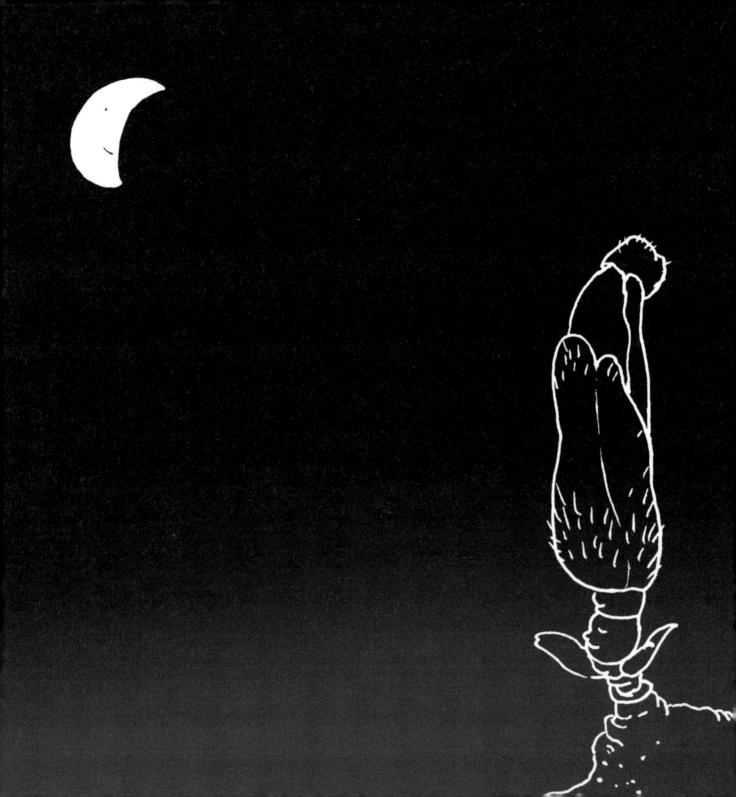

又一个晚上。

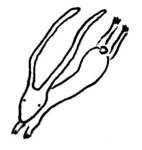

你开花啦！真好！

在冬天的那场风沙里，
我受伤了，

我只能开两个花瓣，
我……我不是太美丽。

对不起。

可我还是最喜欢你……

图书在版编目（CIP）数据

灰兔一直在等我 / 董红梅，张丽荣著 . -- 北京：作家出版社，2021.6
ISBN 978 - 7 - 5212 - 1417 - 8

Ⅰ . ①灰… Ⅱ . ①董… ②张… Ⅲ . ①儿童故事 – 图画故事 – 中国 – 当代 Ⅳ . ①I287.8

中国版本图书馆 CIP 数据核字（2021）第 075587 号

灰兔一直在等我

作　　者：董红梅　张丽荣
责任编辑：窦海军
美术编辑：陈　黎
封面设计：周思陶
出版发行：作家出版社有限公司
社　　址：北京农展馆南里 10 号　　　邮　　编：100125
电话传真：86 – 10 – 65067186（发行中心及邮购部）
　　　　　86 – 10 – 65004079（总编室）
E – mail: zuojia@zuojia. net. cn
http: // www. zuojiachubanshe.com
印　　刷：北京盛通印刷股份有限公司
成品尺寸：210 × 210
字　　数：1 千
印　　张：3
版　　次：2021 年 6 月第 1 版
印　　次：2021 年 6 月第 1 次印刷
ISBN 978 – 7 – 5212 – 1417 – 8
定　　价：38.00 元